つくばね叢書

川柳句集

きたうら

瀬尾清子

Seo Kiyoko Senryu Collection

新葉館出版

序

瀬尾清子句集「きたうら」出版を祝して

太田紀伊子

瀬尾清子さんとの出会いは平成九年四月、行方市・レイクエコーでの茨城県民大学分科会における「初めての川柳講座」でした。最初の年は八十名の参加で名簿上での出会い。でも実作になると、とても熱心に作られるので印象に残っていました。二年目の終わり近くに瀬尾さんは、サークルとして川柳を続けたいと熱心に仲間を募っておられました。

レイクエコー学習の苗植えてます　清子

そうしてできたのが「鹿行川柳同好会」。教員になり、初めて赴任したのが牛久市の岡田小学校とお聞きし、親しくお話をするようになりました。

学校の田植に子らの声も植え
教え子のアルバムめくり話しかけ
かなづかい妙に気になる元教師

あとがきにありますように、清子さんは種々のご要職を持たれ、地域の活動にも参画され信頼されてきました。もう三十年近くになりましょう。

緊張の空気ただよう初会議
方言が聞こえて和む初会議
目立つ服着たばっかりに指名され

瀬尾さんが居るだけで、とても会は締まります。皆さんに安心感をもたらしてくれる存在なのです。

健康が黒字を育て預金生む
夢買ったつもりの土地に身を切らる

二句目は「地震の液状化被害」でしょうか。とにかく明るくお元気な方です。みんな頼りにしているのです。さぞお忙しい日々だったことでしょう。一泊の吟行会にも行きました。

宴会の話だけでも酔っ払う
存在を咲いて知らせる山桜
お開きで輪唱となるドッコイショ
この部屋もその次の間も妻の部屋
若いねと言われてはっと腰伸ばす

お忙しいのに、こんなこともなさるのです。

ミシン踏む昭和の音を響かせて

除草後の十薬の香が手に残り

どくだみは十薬といわれるように健康に役立っているようです。趣味も多彩です。全国大会もある茨城県の民謡「磯節」にも黙ってはいません。

磯節を踊れば波の音がする
絵手紙に風鈴の音描きたして
やられたと箪笥を開けて空き巣褒め

留守がちの生活でしょうから、こんな事もありました。さて現在は、

生活の余白楽しむ日向ぼこ
時代を見つめたたのしい句
合併で山の上まで市が登る

犯罪の仕方教えるワイドショー
子沢山生んだ老人いま独居
行方と読めず参加者宙に浮く
相手見て補聴器かけたり外したり
たばこ盆出番なくなり土間の隅

キセルも死語となりました。

強風に足を取られて地とキッス

この句集を手掛けてから骨折で入院。さぞ気が急いたことでしょう。この時、鹿行川柳会の仲間がお見舞いに寄せ書きをしました。会長の句、

目指すのは早い復帰と清子節　　いさむ

この清子節を皆さんが待っているのです。一日も早い全快を祈っております。そんな中で仕上がった句集、どうぞお読みください。

「足だけで上半身は元気なのです」とご本人もおっしゃる通り、地域活動や人生経験を積まれた瀬尾さんの作品が清子節と共により一層広まることでしょう。

次の句集発刊も期待しつつ「きたうら」の序に代えさせて頂きます。

骨折のリハビリ耐えて句集編む　紀伊子

（一社）全日本川柳協会常任幹事・つくばね番傘川柳会会長）

つくばね叢書 ❀ きたうら　目次

つくばね叢書 ❁ きたうら

第一章

一字一字の顔

ケータイの話し相手は十歩先

買い過ぎや冷凍庫にて昼寝中

消しごむで消したい過去も二つ三つ

会場へ噂が先に着いていた
一年中四季が同居の家の中
思い出を包んでしまう衣更え

ひらがなのように優しく丸く生き

天高く影と二人でウォーキング

それぞれに顔を見合わせ空気読む

道の駅野菜売り場は多国籍

宴会の話だけでも酔っ払う

口ばかり乗り込んで来たバスの旅

寒雀花木のように枝に咲き
飲むほどに絆深まる茶碗酒
過去未来捨てて現在ぱっと生き

相槌を打ちながら読む投書欄
一言と長々続くご挨拶
厄介をかけて絆が深くなる

几帳面一字一字に顔が見え

几帳面何をやってもそつが無い

緊張の空気ただよう初会議

税金を飲んでいるよなビール味

健康が黒字を育て預金生む

胃カメラに心のぞかれギブアップ

高齢者税ふくらんで細く生き
生活の余白楽しむ日向ぼこ
肩書きが取れて暮しが丸くなり

何事も中味知りたいのぞきたい
太っ腹他人の苦労しょって立つ
エプロンは暮しの中味知っている

猛暑です日本列島まっかっか

ファッションを案山子と競う田んぼ道

ラーメンが伸びてふくらむ長電話

軽々と乗せられました口車

梅雨にぬれあやめ咲き初め傘も咲く

新人の顔に大器の予感する

音たてて自転車止まる酷暑路地
不祥事があったおかげで名が売れる
ほどほどの目線に吊す願いごと

音もせず商店街は冬眠中

わが影と日向ぼっこの寒日和

夢買ったつもりの土地に身を切らる

また一つ老舗が消えて人も消え
肩書きが少しずつ取れ軽くなる
包んでも包みきれない年の数

連休でテレビの中は人の波
あなたです先ず逆らってみたい人
早起きは役に立たない順に起き

健康のためのジョギング近道す
受話器持ちお辞儀をしたり拝んだり
お開きで輪唱となるドッコイショ

褒められて去り難くなる立ち話

盆踊りギャルの浴衣は左前

バスの旅お茶菓子まわり歌まわる

略歴を読んで態度が急変す

昭和史の皺を伸ばして生きてます

旅先に雨もいっしょについてきた

合併で山の上まで市が登る
逆らった人に心をさらわれる
異国語が入り交じってる販売所

趣味の会黒一点が貴重です

師の影を踏まずと前を闊歩する

風に乗り内緒話が飛んできた

年下の上司に深く頭下げ
まっすぐな道に危険がかくれんぼ
持病までお茶菓子にする日向ぼこ

廃校でブランコだけが会議中
しぶしぶと受けた役職生きがいに
踊る手を草書のように右左

ボランティア個人名簿に蓋をされ

挨拶は病気と愚痴と孫自慢

犯罪の仕方教えるワイドショー

なめんなと我が茨城をＰＲ

強風に足を取られて地とキッス

強いのは昭和を生きた丸い背な

計画が指からこぼれ地に芽ばえ

子沢山生んだ老人いま独居

分単位時間をためてウォーキング

新年を迎え昭和が遠くなる

白鵬の言葉ににじむ心技体

幼子の顔よりでかいマスクかけ

几帳面すぎて暮しに間が持てぬ
のびのびと書いた毛筆おどってる
行方《なめがた》と読めず参加者宙に浮く

年齢を聞かれてむっとまわれ右

ぼやきつつ辞任の道をしょぼしょぼと

遅刻して人目憚りうずくまる

幸せの音響いてく台所

ありがとに心の皺が伸びていく

花ぐもり鉢植え移動衣更え

やられたと箪笥を開けて空き巣褒め

切り張りに白い花咲く春障子

目立つ服着たばっかりに指名され

廃校に先ず一礼しグランドに
ダイエットあとは薬で満腹に
あやめ咲き人の輪も咲く水の里

七草をとことんと刻み福を呼ぶ

箱の中冬眠中の貴金属

コンビニへ日参をする現代病

相手見て補聴器かけたり外したり

元が付き昔はきっとえらい人

花粉症去年と同じ日にくしゃみ

衣更え同じ顔した服ばかり

コンビニを目印にして道覚え

駐在所犬とカラスが常駐す

たばこ盆出番なくなり土間の隅

面接で暮しを決めたいい出合い

代名詞ばかりで話す老い二人

駅伝を炬燵で走る寝正月

この部屋もその次の間も妻の部屋

家中にもったいないが溢れてる

中国産食べて韓国製を着る

割烹着卒業したとぬぎ捨てる

整理する出して仕舞ってまた出して

第二章　水たまりの雲

出る杭は打たれ打たれて丸くなる

生野菜洗った方が売れ残り

ポケットにぎゅっと詰め込む愚痴不満

退職の日から世界が広くなり
出欠は着る物決めてから返事
さよならと言えずまたねと老いの恋

今日もまた昭和の服を着て出かけ
ついてくと言ってた人が先頭に
宇宙でもリストラされた流れ星

捨てるほどあるがただならすぐ貰い

留守番は玄関に靴多く置き

消費税一円玉が幅きかせ

八掛けで生きる人生元気です
慰問して我が人生をかいま見る
過去の夢二つ三つほど子に託す

活動の歴史を語る顔の皺

廃校の花壇の隅にクロッカス

故郷を思えばそこに母が居る

年度末梅も工事も花ざかり

飽食の陰で餓死者がでる社会

ベテランの力士に艶と華があり

少子化でペットも家族の仲間入り
ストレスがたまった証拠物が増え
しぶしぶと出した作品優秀賞

除草後の十薬の香が手に残り

退場す勝った力士の背が笑う

コンビニに家事をとられて失業す

古米食べ新米またも古米とす

石垣も地震が続き肩を組む

きっちりと靴揃えられお供する

磯節を踊れば波の音がする

水たまり雲がもぐって動いてる

方言が聞こえて和む初会議

信号の一つで動く人の波
言いかけて言葉飲み込むアドバイス
ミシン踏む昭和の音を響かせて

軒先に男結びの釣り忍

つり竿に光はねてる日向ぼこ

畦を焼く人影炎の先に揺れ

テレビ界医者と警察なぜもてる

勝って泣き負けてまた泣く甲子園

乾杯の音頭を取って歳がばれ

テレビ界珍語単語で意味不明
閉校で昭和なつかし大家族
一日の仕事始めは薬から

草の下虫の世界は小宇宙

未来にと生きたあかしに苗木植え

風評に米も野菜も身を縮め

連休で過疎の街にも笑い声

選挙戦党を移動し顔売れる

たんぽぽの綿毛が飛んで所帯持つ

災害の噴火とくしゃみ予知できず

両首脳あっち向いてホイと握手する

施設にて絵手紙教え下手でいい

コンビニで男の姿増えてます
今もなお草と競争庭仕事
メイドイン中国羽織り旅に出る

川柳に生かされている広辞苑

退院し笑顔が集う親子酒

円安で海を越えてく貴重品

慰問する施設の友とハイポーズ
マラソンにポリス伴走平和です
空き家ふえ雑草伸びて鳥が住む

高級車後ろにそっと愛車止め

納豆の糸に引かれて今日も買い

早く起き音がするのは母の部屋

水郷の水と空気にただ感謝

名簿からあの人この人リタイアす

椎の木の木傘の下でひと休み

人にしてもらいたいことしてあげる

朝顔のはかない命ぱっと咲き

電柱の影に寄りそう炎天下

絵手紙に風鈴の音描きたして

木犀の香に誘われて遠まわり

役職が終わりゃその後は趣味に生き

年金はじわりそろりと下げられる
レイクエコー学習の苗植えてます
計るより几帳面です匙加減

待合所病気自慢に孫自慢

三味線を弾けば師の影浮かびます

銀世界雪と桜が抱擁す

答弁は身もふたもなく粛粛と
存在を咲いて知らせる山桜

85 つくばね叢書 ❁ きたうら

第三章　校舎とふるさと

平成十八年麻生公民館文化祭で特選

高級車買ったばかりに火の車

朝日新聞掲載句

新聞を開きゃカタカナこぼれ落ち

若いねと言われてはっと腰伸ばす

茨城の訛り飲み込む四度の滝
お節介やく人貴重過疎地です
冬野菜かじかみ味を丸くする

空気にも足引っ掛ける歳になり

教え子や地域の子ども達

やり直しすれば伸びる子伸びない子

おはようの声走ってく子ども達
教職に心身共に支配され
学校の田植に子等の声も植え

かなづかい妙に気になる元教師

友達と比較されつつ子は伸びる

ねぎぼうず教え子の顔畑いっぱい

教え子のアルバムめくり話しかけ

教え子に挨拶をされだれだっけ

教え子の姿に陰で手を合わせ

ひまわりの花に挨拶していく子

家族関係

うたたねの息子に枕そっと置き

母の手の汗染み込んだ鯨尺

仲直り夫五分で妻五日

子の願い親の願いは天と地に

門松に家族の幸を先ず願い

賞味切れ先ず母ちゃんが食べてみる

褒められて嬉しくなって息子褒め

号泣が飛び込んで来た孫の怪我
子の長所見えないはずと眼鏡ふく
ありがとの言葉に夫思い出す

亡き母の眼鏡かければ明治見え
子供らの目が光ってる半分こ
人生の伴侶夫と広辞苑

新しき手帳に先ずは子の番号

病床の姉に笑顔を置いてくる

姉妹でも晴雨のごとく違う仲

夫逝き日記と交わす春炬燵

すくすくと伸びて父親見下ろされ

帰省する子等に財布も口を開け

入院

お見舞いにニュースと食を届けられ
怪我をして子等の思いに気づかさる

病んでみて人の情けが身に沁みる

入院を旅行中だと蓋をする

検診の医者の顔見てほっとする

病院へ行くたび病気の数が増え
病みあがりプラス思考が板につき
つまずいただけで骨折入院に

車椅子手足となって生きてます

リハビリの手から心へ届く愛

退院の季節移ろい木の葉雨

回診は廊下を歩くだけという

お見舞の顔顔顔にただ感謝

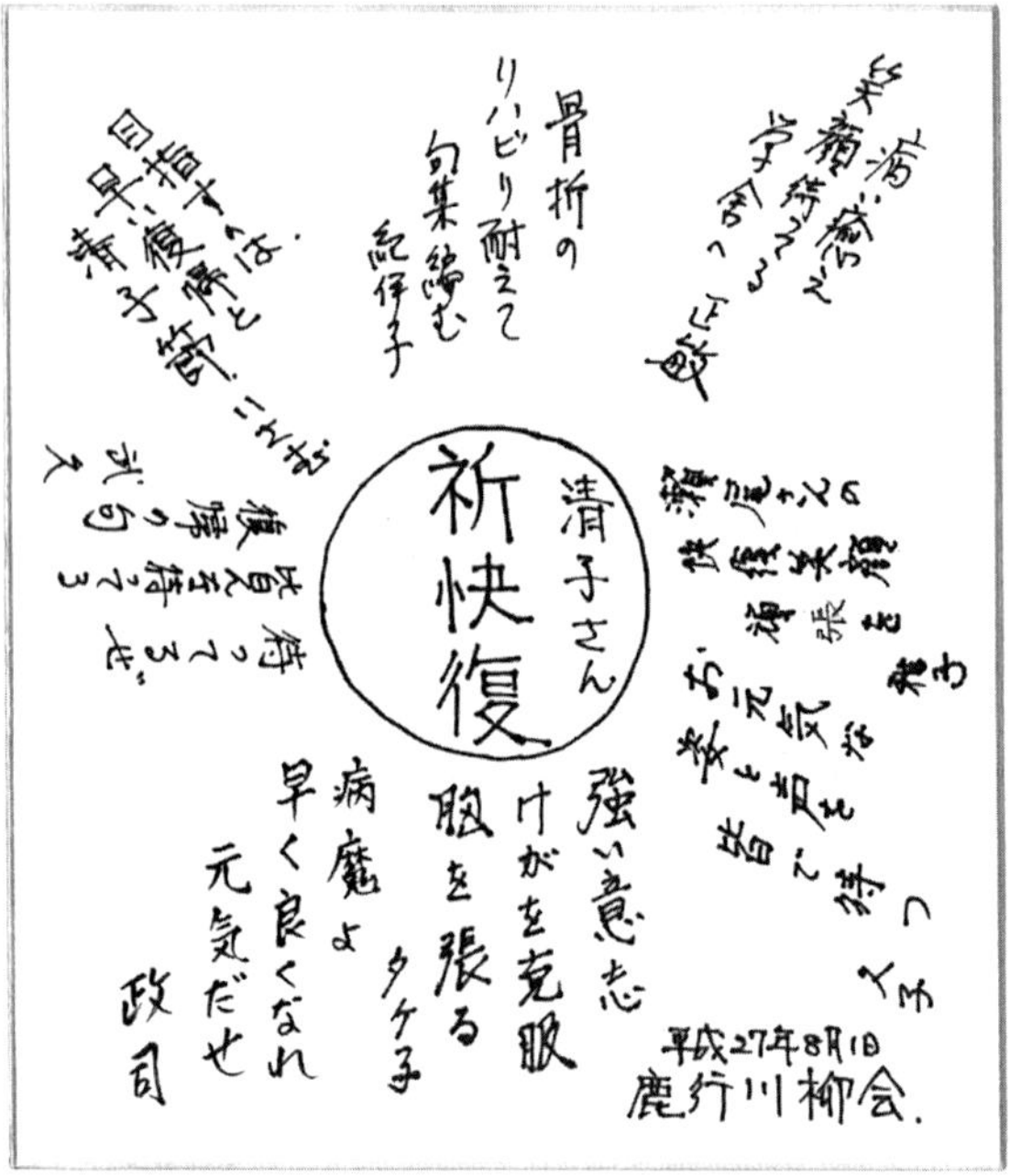
清子さん
祈快復
笑顔消え
淋しく待ってる
句会
敏
骨折の
リハビリ耐えて
句集編む
紀伊子
目指すは
早い復帰と
清子節
これお
待ってるぜ
皆見るを待ってる
復帰の
句
武久
瀬尾さんの
快復後笑顔
頑張る
雅子
姿お元気な
声を
皆で待つ
久子
強い意志
けがを克服
胸を張る
タケ子
病魔よ
早く良くなれ
元気だせ
政司
平成27年8月1日
鹿行川柳会.

あとがき

夫が校長になり、私は五十三歳で教職を退職し、ボランティア活動(地婦連、更生保護、家庭排水、消費者友の会、給食サービス、絵手紙)等に参加してきました。家庭排水では、水環境フォーラム(環境庁、和歌山県共催)で、麻生町家庭排水浄化推進協議会が「水環境賞」を受賞、会長をしていたので和歌山県田辺市まで行って参りました。また更生保護女性会では「知事賞」を受賞しました。

とにかくボランティア活動は忙しかったのですが、地域活動などで楽しく親しい友もたくさんできました。

　かの友は兄弟よりも深い仲

また退職直後に麻生地区の深沢昇甲先生に民謡（唄と三味線）を教えて頂き、資格も取り、文化祭や発表会、そして東京の武道館のステージで三味線を弾いたり民謡を唄ったりしました。

その後、レイクエコーで太田紀伊子先生に川柳についての指導を受け、生活の中で川柳を作る楽しさを知りました。現在は鹿行川柳会やつくばね番傘川柳会に所属し、学習しています。

　川柳は我が人生の日向ぼこ

さて太田先生より、川柳の本の出版についてお話を頂き、まだまだ未熟で無理だと思っていたのですが、名刺代わりにということで出版をすることにしました。

太田先生には文章の校正、整理等いろいろとご配慮頂き、厚くお礼申し上げます。また新葉館出版様には出版にかかわって頂き、製本できました事、深く感謝致します。

最後に、私がいろいろな事に参加できたのは、本当にやさしかった夫の協力と深い愛情のおかげといつも心から感謝しています。

とにかく皆様、いろいろとご協力ありがとうございました。

平成二十七年八月十七日

瀬尾　清子

つくばね叢書
❄
きたうら
○
2015年12月7日　初版
著　者
瀬　尾　　清　子
発行人
松　岡　　恭　子
発行所
新　葉　館　出　版
大阪市東成区玉津1丁目9-16 4F 〒537-0023
TEL06-4259-3777 FAX06-4259-3888
http://shinyokan.jp/
○
定価はカバーに表示してあります。

ISBN978-4-86044-527-0